目錄

成長路上

阿濃

　　各位小朋友，你們這個人生階段，最重要的事情是什麼，你們知道嗎？

　　答案是：成長。

　　你們大概沒有看過養蠶，蠶兒在結繭之前有四次休眠，在這四次休眠之間，牠們只是不停的吃。一大筐桑葉倒下去，牠們就努力的吃吃吃，幾千條蠶兒同時吃桑葉，發出的聲音好像下大雨一般。牠們這般努力的吃，就是為了完成一個成長過程。牠們的努力使我感動，但牠們不知道牠們未來的命運卻又使我感到悲哀。

　　我參觀過雞場和鴿場，成千上萬的食用家禽困居在一個個狹小的空間裏，憑自動供應的飼料和水按日成長，到了規定的日子，被推出市場或屠宰場。

4

新雅兒童成長故事集

口水王子
的魔法咒語

孫慧玲　著

新雅文化事業有限公司
www.sunya.com.hk

新雅兒童成長故事集

口水王子的魔法咒語

作　　者：孫慧玲
插　　圖：沈立雄
責任編輯：甄艷慈
美術設計：李成宇
出　　版：新雅文化事業有限公司
　　　　　香港英皇道 499 號北角工業大廈 18 樓
　　　　　電話：(852) 2138 7998
　　　　　傳真：(852) 2597 4003
　　　　　網址：http://www.sunya.com.hk
　　　　　電郵：marketing@sunya.com.hk
發　　行：香港聯合書刊物流有限公司
　　　　　香港新界大埔汀麗路 36 號中華商務印刷大廈 3 字樓
　　　　　電話：(852) 2150 2100
　　　　　傳真：(852) 2407 3062
　　　　　電郵：info@suplogistics.com.hk
印　　刷：中華商務彩色印刷有限公司
　　　　　香港新界大埔汀麗路 36 號
版　　次：二〇一四年七月初版
　　　　　二〇二〇年九月第四次印刷

ISBN: 978-962-08-6159-8

短促的無意義的生命使我為這種安排感到遺憾。更不幸的是有一種飼養方法叫填鴨，要把過量的飼料塞進牠們的喉管，人工地製造一種被吃的鮮美肉質。

電視上看過一種養鴨方法，看上去比較人道。養鴨人手持一根長竿，把一羣幼鴨從家鄉帶上路，經過一些河流和池塘，鴨子自己覓食，一天天成長。最後到了預定的目的地，牠們已經適合送進肉食市場。趕鴨人連飼料也省下，鴨的旅程比較快樂，只是結局同樣無奈。

人的成長過程完全是另一回事，成長的目標之一，是能發展為一獨立個體，能夠控制自己的生命，度過有意義的一生。這有意義的一生包括相愛、歡樂、創造和奉獻。無比的豐盛，美麗又富足。

人的成長可分為身體成長和心靈成長兩部分，兩部分同樣重要。家長、老師、政府都應該關心下一代的健康成長，供應他們最健康的食物，提供鍛

煉身體的適當設備，讓他們接受從低到高的完整教育。這是基本，不應忽略但長被忽略的卻是心靈的健康成長。我們看到有人搶購認為值得信賴的奶粉，卻沒有人搶購精神食糧的書籍。

古人已注意到心靈成長的重要，孟子的母親搬了三次家，就是想找到一處良好的環境，有利於孩子的心靈健康成長。

影響心靈成長的因素很多，首先是家庭，父母的教導和本身的行為都深深影響孩子。跟着是學校，學校的風氣，老師的薰陶，同學的表現，對兒童及青少年心靈的成長有決定性的作用。隨後是社會，政府的管治理念，公民質素，文化水平，影響着每家每戶每個個體的靈魂風貌，整體格調。

其實有一樣能兼任父母、老師、政府的教化工作，影響人類心靈至深至巨，曾經很難得，現在很普遍的物件，它就是書籍。從前有少數人出身於世

代都是讀書人的家庭，稱之為「書香世代」。如今教育普遍，圖書館林立，網上資訊豐富，要接觸書籍絕無難度。只是少年朋友的選擇能力還未足夠，他們需要有經驗的出版家和作家為他們製作有助心靈成長的書籍。

香港最專業的少年兒童出版社，新雅文化事業有限公司，擔負起這個重要的任務，有計劃的製作一個成長系列。邀請城中高質素的兒童文學作家，為他們寫書。做到故事生活化，讀來親切；觀念時代化，絕不落伍；情節動人，文字有趣。編輯部又加工打造，讓故事兼備思想啟發和語文學習功能。孩子們將會獲得一套伴隨心靈成長的好書了。

阿濃

原名朱溥生，教師，作家。曾任香港兒童文藝協會會長。五度被選為中學生最喜愛作家。曾獲香港兒童文學雙年獎，冰心兒童文學獎。香港教育學院第一屆榮譽院士。

尋找功課機

小一好輕鬆！

小二好開心！

怎麼到了小三，我們都好像沒有了時間玩耍似的？！

功課一下子多了起來！

多到開學第一個星期，每天大約三樣家課，主要是中英數。放學回家，換了衣服，吃了茶點，看了一會兒電視，然後慢慢地做，到黃昏，還可以到平台和同學小甜甜及愛美麗玩。

小甜甜的真姓名叫温恬妮，長得十分嬌俏甜美，性格也温文寧靜，大家都叫她小甜甜；愛美麗姓都，名字叫美麗，英文名就是 Emily——愛美麗，多好的名字！她們和我，孫小玲，住在同一個屋邨中，時常見面，一起上學，一起玩耍，是好到不得了的朋友。

　　開學才第二個星期，家課便無緣無故地加到五樣，中文和數學各一開二，再加英文。放學回家，照舊換了衣服，吃了茶點，看了一會兒電視，糟糕，五樣家課，如果還想在吃晚飯前到平台和小甜甜愛美麗玩，那可要快快做完才是。幸好，到了

黃昏，我們仍然能夠在平台上玩一會，但是，玩耍時間真的明顯減短了。

開學第三個星期，家課忽然又加到六樣，中英數之外，常識科也要做功課了，每位給功課的老師都說：「今天家課不多，只要做半個小時。」放學回家，照舊換了

衣服，吃了茶點，看了一會兒電視，糟糕，六樣家課，我發覺，無論我做得怎麼快，也要用上三小時！做完功課，已經到了晚飯時間，晚上還得溫習，還說什麼到平台和小甜甜愛美麗玩耍呢？！

我們覺得有點不高興，我們才讀三年級，為什麼已經喪失了玩耍的權利呢？

我和小甜甜、愛美麗商量，一定要找出辦法，讓大家有時間玩耍。

小甜甜提議說：「我們小息和午膳時間不去玩耍，用來做功課，不就可以節省時間，黃昏到平台玩耍了。」

看來，只好這樣了。

小息，課室中我們三人低頭忙碌，奇怪的是，玩耍第一重要的「雙王」男同學王子奇和黃小強，也正在埋首寫呀寫⋯⋯

我一時好奇，靜靜地走到他們身後，小甜甜和愛美麗也躡手躡足走過來，我們只見他倆各拿着兩支鉛筆在抄寫什麼，我們躡手躡足走到他倆身後，看見他們竟然是在抄寫罰句──「我以後記得帶書」！

我記得了，剛才上中文課，王子奇沒有帶書，陳老師沒有當場訓斥他，只是叫他走上講壇，輕聲跟他説了兩句話，我們還以為陳老師好人，原來已經下了罰抄令！聰明的王子奇

便用黃小強做抄寫機！難得的是他倆字體差不多。

我說：「王子，你不怕老師發現你作弊嗎？」

王子說：「我沒有錯！我有帶書的，只是借了給鄰班的死猴子劉家連，他轉堂不歸還，我吃了死貓。」

鄰班劉家連，我知道是誰，那矮矮瘦瘦，額頭窄下巴尖眼睛大大，生得真有點像猴子的男生，我說：「王子，為什麼不跟老師解釋呢？這樣被罰，太冤枉了！」

「不要說了，我趕時間，你不要告訴老師。」王子果然是王子，十分灑脫。

「唉，功課已經做不完了，還要寫罰抄，你怎麼辦呢？」我說。

王子奇頭也不抬，說：「是呀！最好有一台抄寫機，專門替小學生寫罰抄的。」難得的是他一邊寫字一邊說話，卻沒有把字寫得歪歪斜斜。

下午上課，我覺得睏極了，兩隻眼皮老要向

14

下合，小甜甜和愛美麗也好不到哪裏，小甜甜一直在打呵欠，愛美麗早已伏在桌上睡着了，口涎流到書上，老師正向她的座位走去，她隔鄰坐的是頑皮的男同學王子奇，我連忙示意他踢醒愛美麗，不知怎的，聰明的王子今天下午變得愚蠢遲鈍，眼瞪瞪看着我，

一點反應也沒有！

「咯、咯、咯……」老師敲桌的聲音驚醒了愛美麗，她一下子醒來，倏地站了起來，沒頭沒腦的說：「是，老師……」嘴邊還掛着一串口涎，引得全班哄笑起來，愛美麗羞得滿臉通紅……

這樣下去不是辦法，校車上，我們小聲地商量大計……聽到坐在後面的黃小強和劉家連向王子吐苦水：

黃小強說：「我寫字寫得慢，功課做到晚上九時還未做完。之後還要溫習明天的默書呀、測驗呀！三年級，太辛苦了！」

劉家連説：「我寧願回去小一班呀。」

「我也想有部功課機，把功課放上去，便大功告成。」説這種怪話的當然是王子。

下車了，我們三人一路往家中走去。

「小玲，王子説得好，如果我們有部功課機，把功課放上去，便替我們做完，該多好。」愛美麗説。

「小甜甜，愛美麗，我找到功課機了，不過不是全自動式的，只可以節省一半時間。」我輕聲説，生怕別人聽到。

「那也好，總好過沒有。」愛美麗説。

「在哪裏？我們夠錢買嗎？」小甜甜焦急地問道。

「放在誰家裏？不可放在我家裏，我爸媽絕對不許我懶惰，會打死我的。」小甜甜說。

「不用錢買，也不用找地方收藏。」我為自己的靈感自豪。

「是你認識的朋友擁有一部這麼好的發明嗎？我還未聽過有功課機這樣的東西！」愛美麗露出不相信的神情。

「這樣的，小甜甜，愛美麗，我們三人合組功課機。」我說。

「我不懂機器的。」小甜甜搶着說。

「我和小甜甜只愛玩公主洋娃娃的。」愛美麗說。唉，

18

叫什麼美麗呀、甜甜呀的女孩子就是愛發公主夢。

其實，我的方法很簡單，就是我的中文好，由我負責做三個人的中文功課；愛美麗喜歡英文，三人的英文功課就由她負責；小甜甜文靜愛思考，便做我們三人的數學功課機。每人做同一類練習，一式三份，熟能生巧，一定可以節省時間。最重要的是，我們的媽媽好像約定般說過：我們三年級以後，要學習獨立，她們不再為我們檢查功課了，這樣正好讓我們可以進行「人肉功課機」計劃。

這辦法一行，我們果然節省了時間，

老師也沒有察覺。每天黃昏，我們又可以約定到平台玩耍了，我們覺得很開心。

只是，才一個月下來，我們便知道大事不妙了。

這一次測驗，中文科，我成績最好，小甜甜和愛美麗不合格；英文科，愛美麗成績最好，我和小甜甜不合格；數學科，小甜甜成績最好，我和愛美麗都不合格。

「為什麼英文和數學會不合格，你平日的

20

英文和數學功課表現也不差的呀！」媽媽翻着我的功課簿説。

「咦？這是你的字嗎？你以前寫的 2 字和 9 字不是這樣子的。」媽媽指着我的數學簿中一頁説。

「咦？怎麼你的英文字體也好像改變了？」媽媽翻着我的英文家課説。

「告訴媽媽什麼事。」媽媽壓低聲音，表面冷靜地説。

我知道，媽媽很生氣，但她強忍着不爆發。

我只好將人肉功課機的事和盤托出，「難道，小孩子就要天天這樣的做、做、做……沒時間玩了嗎？」我哭着說。

　　或許媽媽感受到我的壓力，輕輕地摟着我說：「我知道你辛苦，但你們這樣做，便是欺騙行為，欺騙爸媽，欺騙老師，欺騙同學，你認為對嗎？」

　　「我是被迫的。」我極力爭辯。

　　「你應該和我們商量，想一個更好的辦法，不應該說謊的。說自己被迫便說謊，淪為小騙子，將來變大騙子，你願意嗎？」

　　我當然不願意，千萬個不

願意。

「那末把你們那台功課機拆掉，好嗎？」

媽媽還教我連同小甜甜和愛美麗去向老師說明真相道歉，為自己做了不誠實的事負責。

功課機計劃失敗了，我們反而更勤力專注了，不知道為什麼，做功課速度快了，學習反而變得輕鬆了。

公主來了

　　這一天，班主任陳老師宣布了一個特別的消息，說明天班裏會來一位新同學，名叫白雪，「白雪公主？」多口的男同學王子奇第一個叫道，陳老師白了他一眼，繼續吩咐大家說：「你們要好好照顧她。」陳老師還說：「新同學到來，不可以欺負她，一定要照顧她，知道嗎？」

　　看來，真的是「公主來了！」

　　小息時，我們一羣女孩子聚在洗手間，這是一個談是說非的秘密基地，

老師一定聽不到同學的說話。洗手間沒有別的人，女孩子正好放心談話，發表意見。

「哎，她是什麼人？要這麼的特別照顧？」班中愛美麗是個心直口快，性情爽朗的人。

「她有一個很好聽的名字，白雪，難道她是一個公主，隱瞞身分來讀書？」小甜甜最愛公主童話，是徹頭徹尾的「公主迷」，收集了許多有關公主的故事書和玩偶，巴不得自己是個真正的「公主」，或者能遇上一個「公主」也好。

「小甜甜，你真的是個公主癡了，日思夜想，就是公主，你好悶呀。」我揶揄

小甜甜道。

「明天，她來到時，我希望陳老師把她安排和我同座，那便好了。」小甜甜雙手放在胸前説，看來她是真心實意的。

第二天，同學們回到學校，跟平日很不同了，紛紛揣測新同學是什麼樣子，坐在課室裏，還不時探頭探腦往外望，看看有沒有飄來「雪花」。

課室門外，來了陳老師，她背後站着一個女孩子，噢，一個很漂亮的女孩子！

看，一張瓜子臉，白裏泛紅，配上大眼睛高鼻子和小嘴巴，完全符合「眼大鼻高嘴細」的美人標準，我們都看

得呆了，女孩子們心想：「如果我像她一樣漂亮便好了！」

男孩子中，有人脫口說道：「她就是新同學白雪？」說話的是王子奇，又這麼湊巧，一個公主，一個王子，很快就要上演「白雪公主和王子奇遇記」吧？！哈，那便好玩了，我期待這公主王子的香港現代小學生版。

漂亮的白雪很沉靜，緊抿着嘴，下巴變得更尖削，樣子顯得有點憂鬱似的，完全沒有童話故事中白雪公主的陽光氣息。她身上穿着簇新的校服，淺藍色的恤衫外罩蔚藍色的背心校服裙，筆直挺身，尺碼

大小合身合度，看來，是度身訂造的吧？而且，她的媽媽並沒有像其他媽媽一樣，買校服或做校服要大兩個碼，好穿到小學畢業！

她頭上留着烏黑亮麗的秀髮，長及腰際，梳理得一絲不苟，戴上深藍色的蝴蝶頭飾，清麗高雅。女孩子穿校服，

穿得這樣好看，吸引所有人的目光，我們還是第一次見到。

　　班中女孩子們睜大眼睛，讚歎着：「哇，好美啊！」

　　不知是不是姓名影響，她真的像白雪一樣冰冷，只見她，高傲地站在課室門口，冷漠地看着課室裏的同學，果然有公主的氣派。

「各位同學早安！」陳老師進來了，同學站起來，向前鞠躬説：「陳老師早安！」

白雪站在陳老師身旁，也接受同學們的鞠躬，嘴角微微向上牽了一下。

公主迷小甜甜夢想成真，陳老師把白雪安排坐在她鄰座，公主的身上散發着清香，小甜甜羨慕得緊，心中暗道：「果然是香香公主。」

上課時，白雪靜靜地、優雅地坐着，旁邊的小甜甜便殷勤地給她拿筆呀、翻書呀，結果，自己也不能集中上課。

小息時，我們三個人擠在一個廁

格中說悄悄話，小甜甜煞有介事緊張兮兮地對我們說：「我說呀，她一定是一個真公主，你看她舉止多高雅……」看來，最愛看公主童話的她，巴不得真的遇上「公主」了。

愛美麗打斷了小甜甜的話：「我就不相信現代香港有個什麼公主！」

我說：「就算她真是一個公主，既然隱瞞了身分來讀書，也就跟我們一樣，只是普通學生，你不用當公主般服侍她。」

小甜甜很委屈地說：「我就是喜歡她嘛……」

「你弄清楚，你是喜歡童話中的公主，

還是喜歡這個叫白雪的同學……」我說。

「哇，哇，哇……」洗手間忽然響起尖銳淒厲的叫聲，除了猛鬼，什麼生物可以發出這樣淒厲的的高音頻？哈利波特魔幻小說中就有學校洗手間有女學生厲鬼的情節，我們嚇得心房卜卜跳，震顫着手拉開橫閂，奪門而出，便看見白雪也從另一廁格走出來，面色鐵青的……

四個女孩子，一口氣走到操場上，小甜甜拉着白雪的手，關切地問道：「剛才是你尖叫嗎？發生什麼事？」我們還都在喘着氣。

白雪警覺地把手縮回，冷冷地

說：「哼！這樣的事也會發生！你們自己去看好了。」她拉一拉校服裙子，兀自走開了，我們都看見裙子下襬黏了一些東西，怪臭的⋯⋯

她為什麼會弄污了裙子的？為了查清真相，為了更了解這位同學，我們「女孩三人組」決定再闖「猛鬼女廁」！

是第三格，她剛才從第三格中衝出來。

第三格的門虛掩着，明顯地傳來惡臭，除了米田共之外，裏面到底是什麼發出惡臭呢？「女孩三人組」中愛美麗最大膽，小甜甜最殷勤，我算是最謹慎的一個。

我們擠在廁格前，誰也不敢領先行動。

就在這時候，一羣高年級的姐姐到來：「你們要用嗎？」一個姐姐問我們道，我們不敢作聲，只是搖頭表示。「那好，請讓開。」

　　説時遲，那時快，她手一推，便走進廁格。「哇，怎麼搞的！」只見她邊叫邊連連後退⋯⋯

「看你們鬼鬼祟祟的，一定是你們……」高年級姐姐掩了鼻子指着我們罵道。

「你看見什麼嗎？」我們怯怯的問她道。

「是你們把糞便排得到處都是嗎？髒死了！臭死了！」

我們顧不得被罵，分析道：「怪不得白雪狂叫了，滿廁格米田共，不被嚇死才怪！」

小甜甜說：「公主家裏一定十分整潔乾淨的，哪會讓她看到廁所布滿糞便的景象？」

「如果她把校服裙拉高用廁，或者不會黏上髒東西的。」我說。

繼續上課，整個課室瀰漫着陣陣臭味，我們本來提議白雪去教務處借一套整潔校服替換，她堅持不肯，還說：「我

從來不穿別人的舊衣物。」唉，這位「公主」，寧願「發臭」！自私點了吧？奇怪的是，正在上課的陳老師好像沒嗅到怪味。聽説陳老師住在將軍澳，難道她習慣了臭味？

午膳時間到了，大家紛紛走出課室，要到飯堂排隊領飯菜，小甜甜對白雪説：「來，白雪，我們帶你到飯堂排隊領飯去。」

我也搶着説道：「對，我們帶你去飯堂排隊領飯吃吧，很熱鬧的。」

白雪卻不高興地説：「我為什麼要自己去排隊領飯？在家裏，自然有人把餐送

到我房間的。」然後，她直望着小甜甜說：「你去替我領飯菜，然後拿來課室給我吧。」公主下命令了，看來，即使她不是真公主，也一定有公主病，要人侍候！我和愛美麗互望了一眼，也不作聲，拉了小甜甜便走。

結果是，白雪因為不喜歡排隊領飯，寧願餓肚子。

在第二天午膳時，學校出現了兩個穿白衣黑褲子傭人模樣的女子，後來，我們才知道是白雪家裏安排送飯菜的，一個侍候她吃飯，一個特別去洗廁所，還倒下香水，好讓白雪待會兒去「享」用。

白雪公主的事，傳遍了學校，大家紛紛議論着她的嬌生慣養，飯來張口，衣來伸手，不懂得打理好自己的生活舉止。有家長更打電話給校長表示不滿，怕她做壞榜樣，教壞自己的女兒。校長只好通知白雪家長，她家裏可以安排送飯，但傭人不可進入校內。

　　臭彈事件之後，白雪顯得很不開心，整天悶悶不樂，什麼人也不理睬，更拿鄰座的小甜甜來出氣，時常無緣無故的把她的書呀簿呀筆袋呀撥到地上，小甜甜終於看到「白雪公主」嬌縱刁蠻的卑劣品性了。

　　這一天小息，老師離開課室了，同學

們站起來，正

要蜂擁而出耍去，

男孩子尤其緊張要去霸乒乓球桌，白雪忽

然跳上講壇，手中拿着一疊東西，大聲說

道：「你們聽着，我媽媽說：誰肯聽我的話，

我便送一張給他！」

「噢，天，是一疊紅彤彤的一百元鈔票呀！她瘋了嗎？！」我說。

小同學們一擁上前，吵嚷道：「我要！我要！」

白雪開開心心地派錢，錢派完了，果然有一班以王子奇為首的小嘍囉跟着她，白雪得意洋洋地走在前面，一派皇家氣燄。

白雪派錢的消息不脛而走，校長和班主任陳老師當然要跟進。

派錢後第三天，放學時間，白雪才踏出學校門口，便有一個白衣黑褲帶着口罩家傭模樣的女子迎上前，白雪正低頭忙着撥弄電話，把書包交給了她，頭

也不抬，便跟她上了車。我們三人正好在她後面，愛美麗還對我們笑說：「你看白雪坐的車，全車漆黑，車牌叫 Black Jack，好像是大壞蛋的名字呢！」

「奇怪，白雪公主怎會喜歡漆黑車？」小甜甜側着頭思考道。

說時，「篷」的一聲，漆黑 Black Jack 揚長而去了⋯⋯

就在這時候，一輛白色房車開至，那個平日送飯給白雪的傭人下了車，我們覺得很奇怪，回頭對她說：「白雪已經被接走了。」

「嗄！不可能！」只見她慌張地搖了

一通電話，我們只聽到她說道：「太太，小姐被接走了，不知是什麼人！」

咦，有事發生了，我們是最好的目擊證人！我們是不是應該折返學校，把看到的告訴老師？

「對，如果白雪真的被騙上賊車，那可危險了。」我說，「我們要告訴老師知道。」

「我贊成。」小甜甜一臉興奮，要勇救公主。

沒多久，警察來了。

白雪的爸媽也來了。

原來是他們，常常在電視報章出現的大富豪，家中富有到不得了，怪不得

白雪表現得像個公主似的。

由於我們即時提供了車牌號碼，警察在各區設置了路障截查，Black Jack 逃不過天羅地網，白雪脫險了。據說，賊人是得知她在學校派錢的消息，查出她的身分後計劃下手的。

從此，白雪再沒有回到學校。想來，她應該轉了校吧？

做「公主」，有什麼好呢？要擔驚受怕。更何況，又不是真公主！

小甜甜從此也放棄了公主夢，和我們一樣，做個普通的、踏實的小女孩，快快樂樂，吵吵鬧鬧地成長。

口水王子的魔法咒語

　　小三丁班同學中，王子奇是最愛說話的一個，下課固然找人說個不停，上課也總是要和他鄰座的黃小強說這說那，剛巧黃小強也是多口的小孩子，於是兩人的兩片嘴唇便老是合不上來。王子奇更愛乘老師轉身在黑板寫字的時候，拍前面的小同學背項，引他轉過頭來說話；他也愛轉過身去，和後面的小同學談天，在班中，他有「口水王子」的諢名。黃小強呢，因為香港人叫蟑螂做甲由，做小強，所以他便

有「口水甲由」的諢號。「口水王子」和「口水甲由」是我們班中的「多口雙王」。

　　老師們像有超凡後眼魔法似的，背轉身也看到每一個小同學的一舉一動：

　　「王子奇，不許説話！專心上課！」正在給我們上課的是班主任陳老師，她也是訓導主任，説話永遠簡單有力，震懾人心。愛説話的王子奇那裏肯閉嘴？他還振振有詞狡辯説道：「不關我的事，是黃小強先跟我説話的。」

　　王子奇就是這樣的一個人：做錯事的時候，總有很多很多的藉口。「不關我的

事」，就是他做錯事時的脫罪魔法咒語，而且百試百靈，使他脫身，不用受重罰。

「那好，就你們兩個，出來站在黑板前，替我看看班裏哪個同學不留心。」「口水王子」和「口水甲由」不但不覺得這是懲罰，反而覺得被老師委派「任務」，是十分光榮的。看他倆，立即離座，走上講台，腰板挺直，站立台上，果然沒有再說一句話，一對如鷹的眼睛，聚精會神地監視同學。老師似乎很滿意這兩位「口水」同學的表現，再沒有責罰他倆上課不留心。

但是，長此下去，同學們開始不喜歡他倆了，甚至故意疏遠他倆，不跟他倆玩了。

這一天小息，我和小甜甜、愛美麗正在操場上玩耍，看見王子奇和黃小強兩人在互相追逐，我對小甜甜和愛美麗說：「他們這樣你追我逐，很容易發生意外的。」

說時遲那時快，看，王子奇真的踫撞到同班的一個叫林木森的同學，林木森名字裏有六個木字，可是卻生得矮小孱弱，一點沒有樹木的粗壯穩健，被高大的王子奇一撞，跌倒地上，四腳朝天，擦傷了手背和膝蓋，哇哇大哭起來，我和小甜甜立即跑去扶起六粒木，愛美麗則去找負責操場秩序的體育科何必老師。

在何老師面前，王子奇卻指着還在哭泣的林木森説：「不關我的事，是他走路不小心，先踫撞我的！」看！王子奇又施展他的魔法咒語，又把責任推到別人身上！我、小甜甜和愛美麗是目擊者，立即

指證王子奇説：「老師，王子奇説謊！是他踩跌六粒木的。」我記得在小一開學的第一堂課，班主任陳老師介紹林木森時，告訴我們他的名字由六個木字組成，由於他生得「細細粒」，於是，同學們便叫他「六粒木」，這個諢名，老師們都知道。

何老師沉着臉，對王子奇和黃小強説：「你們先扶林木森到醫療室治傷。」

王子奇和黃小強十分雀躍，一來為逃脱責任而高興，二來覺得這是光榮的任務，因為，這些扶受傷同學去什麼室之類的事，是高年班風紀做的！唉！

畢竟，男孩子都愛自以為了不起，愛接受「特殊任務」的。他們不知道，好戲在後頭！

第二個小息，我們看見口水王子和口水甲由站在操場上六粒木跌倒的地方，一人一邊，同學們還以為他們在那裏發現了什麼東西，又或者是有什麼事發生，紛紛圍攏過來。

我們聽到王子説：「這不關我的事！要不是你追我，我哪會踭跌六粒木 ?!」

小強當然不服氣：「為什麼不關你事，是你自己不小心，踭跌了人！」

看來，「不關我的事！」的魔咒顯靈

了，它使「口水黨」內鬨了。

　　原來，他們被何老師下令在操場上六粒木跌倒的地方罰站，放學時，更被何老師及陳老師留下，學校會通知家長來接放學。他們害怕了，哭着哀求老師說：「這不關我的事，請不要告訴媽媽，爸媽會罵死我、打死我的。」

　　看來，頑皮的「口水王子」和「口水甲由」都害怕被爸媽打罵的。

　　其實，每個小朋友做錯事，都害怕爸媽責罵，老師責罰，所以會不自覺地不願承認過失，反而把責任推給別人；即使知道自己做得不對，也不會說出來，甚至是

說謊掩飾，心理上還欺騙自己，就好像從沒做過錯事一樣。

看來，王子奇和黃小強的爸媽奉行體罰教子，他們是會責打孩子的，我們開始為他們擔憂了，希望他倆能夠逃過被痛打的命運吧。

＊　　＊　　＊　　＊

今天班主任課，大家正期待陳老師的有趣故事，出乎所有人的意料之外，陳老師竟然宣布：「今天，我們很高興請王子奇同學來為同學演講。請大家鼓掌鼓勵！」哇，就像學校請來著名人士一樣的介紹！看，那個「口水王子」，得意洋洋地上了

講台，還向大家揚揚手，來一個深深鞠躬！

咦，昨天他不是心驚膽顫，害怕被責罵痛打麼？怎的今天變得若無其事似的？

咦，他似乎比以前懂得禮貌了。

大家正疑惑王子身上發生了什麼事，他的爸媽有沒有責打他時，他已經開始講述他的故事了：

「大家好！今天，我要講一個王子與魔咒的故事。

「從前，有一個小王子，從來就被黑心巫婆的『不關我事』的魔咒緊箍！使他不知道做事要負責，不能推卸責任。」

說到這裏，同學們都笑了，王子奇說

的小王子，不正是他自己？

王子奇沒有理會笑聲，一本正經地說下去：

「國王為了培育小王子，隱瞞了他的身分，把他送去一所以嚴謹聞名的學校去受教。但小王子畢竟是小孩子，天生頑皮，不守規則，破壞公物的事，時有發生，每一次，小王子都會拋出『不關我事』的魔咒，總要把他人也牽連進來，漸漸地，大家都不和他玩，甚至故意疏遠他。」

同學們又哄笑起來了，「口水王子和小王子根本就是一個人！」我心裏想道。

「小王子上學，每天都有僕人為他執

拾書包，準備第二天要應用的書簿文具，
我相信，這跟班中許多有傭人的同學一
樣。」

這時，我看見一些同學笑了，一些低
下頭了。噢，看來，王子說中了一些同學
的情況。

「有一次上美術課，小王子發覺沒
有帶顏色筆，老師十分生氣，要罰小王子
在課室外站立，小王子大聲解釋說：『這
不關我事！不關我事！全都是我的僕人的
錯！我是……』堂堂小王子被罰，當然覺
得十分丟臉，正要說出自己的身分時，忽
然記起父王說的話：『如果你透露了自己

58

的身分，我便把你送到無人島上過活。』
小王子當然不想被流放荒島，他只好忍着
不忿之氣，直到放學回家，立即對着僕人
大發雷霆咆哮道：『都是你不好！累我受
罰！』他甚至對僕人拳打腳踢……

　　「這時，王后出現了，小王子才停了
手，王后首先扶起被打至倒地的僕人，柔
聲對他説：『對不起！是我沒教好
小王子。』僕人感激得淚流滿臉，
連連説：『沒關係！沒關係！』小
王子覺得很奇怪：堂堂王后，
意然會對一個下人道歉！更
奇怪的是，小王子打他，他不

哼一聲，王后輕輕一句話『對不起』，他便竟然會流眼淚！」

說着，說着，王子奇低下頭來，眼睛紅了起來，他的表情感動了許多同學，我開始喜歡他了。

「各位同學，對不起！我為自己以前的頑皮和種種不負責任道歉。謝謝老師對我的教導，謝謝同學們對我的容忍。請你們以後多多指正我的不對行為。」

發生了什麼事？

口水王子竟然有這樣的改變？

不過無論如何，他的小王子的故事，他的「對不起」、「謝謝」和「請」，像

有魔法似的，使我們都放下了對他的不滿，大家熱烈地鼓掌，陳老師更感動得拍着他的肩膊說：「子奇，説得好！説得好！」

後來，陳老師告訴我們：「對不起」、「謝謝」和「請」是最利害的三個魔術語，力量比「這不關我事！」魔咒大百倍、千倍、萬倍，這三個魔術語，使我們更受人喜愛，得人尊重。對小孩子或者大人，功效都一樣。

你們相信不？

誰是臭屁蟲

　　大人們說：響屁不臭，臭屁不響。

　　我告訴你，這，不是真的！那個臭屁蟲，放的屁是又響又臭，既響且臭的！是真的，我沒有騙你。

　　他好吃又懶惰，整天就愛吃吃吃，不但把自己變成小胖子，還整天放屁，「砵、砵、砵」，好響，好臭！

　　他是一條名副其實的臭屁蟲！

　　他會因為自己的肥胖和臭屁覺得難為情嗎？才不！他只

會笑嘻嘻地做人，樂呼呼地過活。

看！球場上正中間，大字形躺着的那個胖小子，臉圓圓，全身圓轆轆，四肢像肥蓮藕，肚子鼓鼓的，就是聞名全校的臭屁蟲！

聽！他賴皮地躺在地上，正氣呼呼的叫嚷道：「累死我了！累死我了！」接着是響亮的「砵砵」放屁聲，惹得周圍的人都笑了，可是他，一點也不覺得害羞，還瞇着眼睛傻笑。

其實他也想減減肥，減減屁，所以參加了兒童網球班，說要迫自己做做運動。

「小雄，起來吧，你的三個圈還未跑

完呢！」教練説。每次訓練開始，小朋友都要沿着球場跑三個圈，作為熱身。

「跑完了！跑完了！再跑，我沒力氣了！」小胖子雙頰紅彤彤，喘着氣説。

話才説完，又響起了「砵砵」兩聲。

教練忍住笑，下令道：「不要躲懶！起來！不要再『放屁』了！」教練分明在叫他少説廢話。

「肥仔熊，加油！加油！」訓練班的小孩子一同喊道。小胖子在羣眾壓力下，不情不願地爬起來⋯⋯

「還有一個半圈，完成它。」教練面無笑容扮嚴厲地説。

小胖子不情不願地邁開雙腿，說是跑，不如說是拖着腿走路。

　　噢，這條「傷殘小胖放屁蟲」！

　　忽然，訓練班一個瘦小的小男孩走出來，說：「肥仔熊，我陪你跑！」

　　「我又要！」「我又要！」其他孩子也興高采烈地參加「陪跑」……大家似乎有用不完的精力，也不介意小胖放屁蟲邊跑還邊放臭屁。

　　哈！這條臭屁蟲竟然有他的「屁迷」！

　　臭屁蟲是誰？

　　誰是臭屁蟲？

　　大家一定很想知道吧？

唉！告訴你們，臭屁蟲就是我的「好弟弟」！

唉！唉！我也不知道，為什麼我會有這樣一個弟弟！

全班，不，可能是全校，都知道我有一個專放響臭屁的小胖子弟弟！

我那小胖子弟弟，他的發胖和多屁，是大人造成的，也是他自己弄成的。

爸媽要上班，由婆婆和外傭阿素姐姐照顧我們，婆婆很疼愛我們，會做很多好吃的東西，蛋糕、餃子，甚至炸薯條，只要我們喜歡，她便多多供應；阿素姐姐也是「好外傭」，每次接校車，第一時間

便奉上零食，有時是麥記漢堡包薯條餐配巨型可樂，有時是酥炸家鄉雞配巨型七喜，有時則是在超級市場買的脆卜卜七彩薯片，平日，只要弟弟哭鬧，阿素姐姐便給他零食。只要有一包包不同味道的薯片和電視卡通片，弟弟小雄便會變成乖孩子。

小雄不知道的是，垃圾食物吃多了，他一定會變胖，而且多屁。

就是這樣，小雄的體形日漸發脹，加上愛吃懶動，日子久了，他便把自己變、變、變，變成一條胖嘟嘟放屁蟲。每次看到他這樣子，

我心中便會興起「真羞家！」的感覺！作為他的姊姊，真的沒面子！

唉！這條我家小弟弟孫小雄，運動場上那個「真羞家」的小胖子肥仔熊放屁蟲，小我兩歲，和我同校，讀小一，由於長得胖嘟嘟，每個動作總要遲人一百二十秒，看似動作遲緩的大笨熊，加上雄、熊讀音相同，便被同學們叫做「肥仔熊」。

小雄升小一了，他和我同校。

才第一天，放學回到家裏，他便立即急忙地打電話給正在上班的媽媽，像有驚天大發現般投訴說：

「媽媽，學校不准許我們小一學生

69

帶零用錢回學校，又不准許我們去小食部買薯片零食。」

「是呀，你們年紀太小了，帶着錢不太好的。」媽媽説。

「不，媽媽，這不公平，為什麼那些高年級的哥哥姐姐就可以？」小雄説。

「是呀，要升上小二才可以的。」媽媽解釋説。

「我不要讀小一，你讓我直接升上小二好了！」小雄嚷道。

天下間哪有這樣便宜的事？！

小雄不服氣，每天晚上睡覺前，他總

要在牀上祈禱：「天父啊，請快快讓我升上小二，我便可以有零用錢買零食了！」

你們看，我就是有一個這樣又天真又傻又沒頭腦的弟弟！

其實，小雄也不用等升上二年級的，婆婆每天都會在他書包中放上他喜愛的零食，讓他在小息時享用，但小雄說：「我喜歡跟其他哥哥姐姐一樣，自己帶着零用錢，去小食部買東西吃。好威風呀！」

沒辦法，每個小孩子，都有這種渴望擁有零用錢自己買東西的成長心理。

小息時，操場上，小朋友都在追逐玩耍，饞嘴小胖子卻躲在一角忙着享用零

食，不願跟人玩耍。

這一天小息，小雄又在操場一角吃薯片，一個大個子忽然站在他前面：「你是哪一班的？吃薯片？看來不錯嘛，給我。」

小雄當然不願意，連忙把薯片放在身後，怔怔地望着大個子。小胖子就有這點可愛，不向惡勢力低頭。

大個子伸手一拉，把小雄放在身後的手臂拉出來，小雄手一鬆，抓不牢，薯片撒了一地……

剛才沒有哭的小雄哭了，哭聲震天，當然也驚動了我，我跑過去，大個子正在手掩着鼻子退後：「哇，你的屁，好臭！」

當然啦，你不知道我弟弟是臭屁蟲嗎？！

離開前，大個子還指着小雄說：「小傢伙，乖乖的給我記着，明天我再來找你，你可要請我吃東西！」小雄還在抽泣着。

這欺負弱小的傢伙是誰？

我能讓弟弟被人欺負嗎？

第二天小息，我故意拉着小甜甜和愛美麗陪着小雄，卻見遠處，那惡霸正伸手要去搶一個小不點手中的薯片，沒想到小不點身手敏捷，倏地逃走了，那惡霸也抓不着他，站在

那兒搔頭苦笑。小不點正是小雄小一丙班的同學尚飛。

「小雄，你看，人家被欺負，卻敏捷地逃跑了，你為什麼不逃呢？」我問小雄道。話才說出口，我便知道這樣問真是多餘的，我的弟弟小雄平日根本就是懶運動，不愛跑的小傢伙！

第三天，大個子又出現了，小雄立即拔腳要逃，但雙腳卻不聽使喚似的走不起來，惡霸一手揪着他的領子，一手搶過他手中的薯片零食。

「你已經這麼胖了，還吃什麼？」惡霸說。

「呠呠呠……哇哇哇」，一連串的放屁聲，伴着震天的哭聲。小雄就像臭鼬黃鼠狼一樣，遇到危險便放臭屁射臭液對付敵人。

「哇，你……你放屁……好……好臭！」惡霸被臭走了，原來小雄放臭屁也有好處！

我們聞聲趕去，我怎能讓弟弟被人欺負？

惡霸已經走了，幸好和我同班的「口水甲由」黃小強認得他：「他是我的鄰居吳豪，讀六年級的，在屋邨也是小惡霸，恃着生得高大，常常欺負人。」

得到資料，我們立即帶着小雄去見負責操場秩序的何必老師。

「老師，欺負小雄的是六甲班的『唔好』。」

「什麼？『唔好』？欺負弱小當然『唔好』啦！」黃小強外號「口水甲由」，說話卻總咬不正讀音，把吳豪說成「唔好」。

我們立即更正說：「老師，不是『唔好』，是六年級的吳豪呀。」

何必老師對小雄說：「你又何必站着讓人欺負呢？」

小雄嘟着小嘴沒說話，何必老師是體育老師，生得高大魁梧，高高站着，他

看不到老師的臉，只看到老師的鼻孔。

「他太胖，跑不動。」我替弟弟解釋說。

「你又何必弄到自己這麼胖呢？」

小雄嘟着小嘴沒説話瞪着好奇的大眼睛盯着何必老師鼻孔裏面的毛。

「他愛吃愛睡不愛動。」我又説。

「你又何必只吃只睡不運動呢？」

你説，何必老師的三個「何必」，是不是很「搞笑」呢！我們被逗得笑彎了腰。

小雄仍然沒説話，他後來告訴我，説發現老師鼻孔裏面的毛掛着鼻屎。

「哈哈哈……」我們

被他的天真可愛的大發現，惹得笑彎了腰。

　　「你的弟弟真可愛，我很喜歡他……」愛美麗說。

　　「你的弟弟簡直是開心果，我也想要這樣的一個弟弟。」小甜甜說。

　　你們看，小胖子臭屁蟲就是這樣有本事吸引人喜歡他，連我的好朋友愛美麗小甜甜也成了「蟲迷」。

　　終於，何必老師覺得小雄膽怯沉默，真是個容易

被人欺負的弱者，答應處理欺凌事件。

　　這天放學回家，小雄一反常態，不吃阿素姐姐塞給他的卜卜脆，卻要求做好功課後去平台練跑，而且，自動自覺要去上網球課。

　　球場上，他跟其他朋友一起跑，他跑得不快，氣喘喘的，卻肯堅持下去。一連四個星期，小雄都堅持下去，到了月尾，他還被選為「最佳進步網球小將」。

他越跑越快了，肚腩也漸漸變小了；而且，他努力戒了薯條薯片，也不常放屁了，就算有屁，也不太響太臭了。

不知怎的，漸漸地，人們也不再叫他「肥仔熊」和「臭屁蟲」的諢名了。

小雄今年才六歲，讀小一，受了點欺負，竟然激發出鬥志和勇氣，而且行動起來，十分有恆心，我真為他感到驕傲！

當然，我以後也不會叫他「小胖子臭屁蟲弟弟」了。

快樂城堡不見了

　　有關我那個臭屁蟲小胖子弟弟小雄的故事，真的說不完！

　　噢，不對，我不是說過不再叫弟弟做「小胖子臭屁蟲跟尾狗」的嗎？怎麼又忘記了？雖然弟弟性格樂天，整天笑嘻嘻，樂呼呼，不會因為自己的肥胖體型和放臭屁惡習覺得難為情，也並不曾因被人，尤其是我，取笑做「臭屁蟲小胖子」，或者叫他做「跟尾狗」而生氣。

　　Sorry 囉。

82

今天，是他的生日，爸爸媽媽特意放了半天假來接我們放學，一家去了奇趣樂園玩半天，然後到餅店買蛋糕，回家慶祝生日。一路上，小胖子高興得蹦蹦跳跳的，還未完全瘦身的肚子仍然是鼓鼓的，走路時會一上一下的跳動，十分有趣。

　　餅店前，胖小子把胖嘟嘟的圓臉貼在人家餅店擺放蛋糕的櫃子玻璃上，胖嘟嘟的手指逐一指着蛋糕，認真細看，就像鑑賞家端詳每一件寶物一樣。對每一個蛋糕，他都有意見，我？當然也有自己的想法和期待。

「這一個熊仔形的，好得意。」

「噢，不，千萬別買這一個，把好好的一頭熊切碎，你吃眼睛，我吃鼻子，他吃嘴巴，多噁心！」我尤其不喜歡那股芝士味。

「可惜它不是巧克力味道的。」

「對，對，巧克力味道好，選一個巧克力蛋糕吧！」

「這一個就是巧克力蛋糕，可惜形狀像一個圓鐵餅，不怎樣好玩。」

「哎，弟弟，蛋糕是用來吃，不是用來玩的，吃了也不知它原來是什麼樣子，沒所謂吧？！」

84

「看，這個蛋糕，什果堆在上面亂糟糟的，最恐怖是那兩顆士多啤梨，鮮紅得好像流血似的，好醜怪的。」

「是呀，什果顏色太鮮艷了，一定是染色加工，滴血士多啤梨，真的很恐怖。」

「小朋友，買蛋糕嗎？」可能店員姐姐看見弟弟看完又看，拿不定主意，走出來招呼我們了。

「是呀，還選不到呀。」弟弟失望地說。

「我們店內還有呢。」店員姐姐說。

我們滿懷期望，跟着她

進入店內。

哇！店內雪櫃中竟然有好幾個造型有趣的蛋糕，女孩子喜愛的南瓜車、玫瑰花，男孩子喜愛的小飛俠、電單車⋯⋯造餅叔叔簡直是藝術家！

如果今天是我的生日，我會選哪一個呢？我看得傻了眼⋯⋯

「我要這一個⋯⋯」胖胖的手指指着最後面的一個。那是一個城堡！

「小弟弟，這一個叫『快樂城堡』，造餅師說只有快樂的小孩子才能發現它呢。」

「我喜歡這個『快樂城堡』！」胖嘟

嘟的小臉上現出興奮的紅暈，十分可愛。

　　我舉腳贊成弟弟的選擇，因為……那個是巧克力味道的，造型真的很好看，四

邊圍着 M&M 巧克力豆，頂上插着巧克力旗，白色巧克力的城門前面，更站着一個巧克力武士！

我和弟弟性格不同，喜好不同，但對巧克力的鍾愛卻很一致。

店員姐姐打開一個印滿卡通圖案的盒子，手法利落地把立體的巧克力「快樂城堡」放進去，還在盒頂旁貼上一個膠袋子，裏面盛着「生日快樂」的牌子和切蛋糕用的膠刀。

弟弟臉上綻放天真的笑容，放慢着腳上步伐，小心翼翼地捧着蛋糕盒子，像運送十分貴重的物品一樣。在

這一刻，平日那魯莽衝動，總為我製造麻煩的小鬼，變成一個小心穩重的快樂城堡守衛員。

坐在電車上，我們還在談論着那個快樂城堡蛋糕。

忽然，跟弟弟一樣的一把幼嫩童聲傳入耳中：

「媽媽，今天是我的生日，你買個蛋糕給我慶祝好嗎？」說話的是一個跟弟弟差不多年紀的小女孩，一雙大眼睛正盯着弟弟放在腿上的蛋糕盒子。女孩身旁坐着一個中年婦人，兩人衣着

都很樸素。

「什麼生日？有什麼好慶祝的。」那個「媽媽」沒好氣地回答說。

「我從來未慶祝過生日，今年升小一了……」小女孩輕聲說。

「我沒有那麼多錢……」那個「媽媽」把臉轉向窗外說。

「媽媽，買個小小的便宜的，好嗎？」小女孩哀求道。

「還說慶祝過生日？你出生到現在，家裏就沒好過，爸爸又沒了，你還諸多要求……」那個「媽媽」開始埋怨指責了……

90

「就算沒錢，也不用這樣對小孩子說話吧？」我雖然只有八歲，也能感覺到那個「媽媽」的冷酷，覺得她不是個好媽媽。

小女孩也不吵鬧了，轉過頭望出窗外，雙眼含着淚，也許，她早就知道答案；也許，她一直受到這樣殘忍的對待吧。

這一幕，看在我們一家人眼裏。

媽媽用愛憐的眼光望着小女孩，想說些什麼卻又忍住不說了，她知道，這時候開腔替小女孩說話，一定會引來婦人的更大憤怒。

只見弟弟低着頭，笑嘻嘻的，一派開心滿足

的樣子，眯着眼睛從盒頂玻璃紙上觀賞盒中的巧克力快樂城堡，雙手捧得緊緊的，好像沒聽到人家母女的說話，又好像是害怕媽媽會將蛋糕送給人似的。如果是，也不能怪他，這是他至愛的生日蛋糕快樂城堡，而且是店內唯一的一個，再回頭也買不到哩。

到站了，我們要下車了，剛巧小女孩和她的媽媽也同一個站下車。

「對不起，小妹，爸爸不在，媽媽心情不好，你不要怪媽媽。」電車站上，在等候過馬路時，我們聽到小女孩的媽媽輕聲說。

「小女孩的爸爸不在？是死了？還是走了？」我聽得心頭一震，十分難過，緊緊倚着爸爸，拖着他的手，爸爸用另一隻手輕輕地撫摸我的頭髮，對我微笑，父女心意交流，我感到好溫暖好溫暖。我愛爸爸！

在安全島上，出乎我們意料之外，弟弟竟然對小女孩說：「送給你，祝你生日快樂！」同時，雙手遞上他至愛的巧克力「快樂城堡」！

小女孩吃驚地睜大眼睛，小嘴張開，想說什麼，卻又說不出口，只見她兩眼含淚，

雙手亂擺，表示不好⋯⋯

我也驚訝得瞪着雙眼，這怎可能⋯⋯

「謝謝了，小弟弟，今天是你的生日吧，我們不能要你的生日蛋糕，而且，我們根本不認識，怎能接受你的禮物？謝謝了。」小女孩的媽媽推辭説。

弟弟還要將巧克力城堡往小女孩手上塞，小女孩和她媽媽連忙往回推，硬是不肯接受。

原來，我以為冷酷無情的小女孩媽媽是這樣的通情達理、不貪心和有禮貌的，我先前對她的感覺，真是誤會了。

這時，行人紅燈轉綠了，大家匆匆過了馬路，行人路邊，媽媽對小女孩說：「你很乖，這麼巧，今天是我兒子生日，也是你的生日，姨姨給你一個小利是，祝你生日快樂！」媽媽把利是塞進小女孩的袋子中。

「真的謝謝了，不用了。」小女孩媽媽推辭說，忙着在小女孩袋子中找那封利是。

「生日快樂！再見！」不

96

等小女孩和她媽媽再說什麼，我們匆匆地離開了。

一路上，媽媽牽着弟弟的手，弟弟提着他的城堡，兩人相視而笑，我知道，他們也一定跟我和爸爸一樣，兩手緊牽，心意相通。

回到家中，洗了手，我急不及待打開蛋糕盒，要點上蠟燭，為弟弟慶祝生日。

噢，天，弟弟的「快樂城堡」不見了！盒中只有倒塌了的巧克力城堡殘骸，連那個士兵也倒下了！

「一定是剛才和小女孩推來推去時弄塌的。」我

说，看着那堆巧克力，一脸惋惜。

　弟弟好像毫不介意，用胖嘟嘟的手指
蘸着巧克力，说「好味道！好味道！」

我和爸媽也哈哈哈大笑起來，弟弟用手指吃巧克力，吃得滿嘴都是，變了「花臉貓」！加上胖胖的圓臉，可愛的神情，實在太 cute 了！

小壽星，你太可愛了！我忍不住摟着他說：「弟弟，你好可愛！」

「是了，剛才你為什麼捨得把快樂城堡蛋糕送給小女孩呢？」媽媽問小弟弟道。

「我……她沒有爸爸……」弟弟圓圓的眼睛忽然湧出淚水。

我也被引得想哭了，小孩子最害怕的是沒有了爸爸或媽媽。

爸爸媽媽立即走過來，緊緊地擁抱着

我們，給我們揩乾了淚水。

媽媽在倒塌了的巧克力城堡殘骸上找了個最高點，扶正了小士兵，點上蠟燭，「來，小雄，許個願吧。」

「我希望爸爸媽媽永遠在我和姊姊身邊。」弟弟合上胖胖的小手說。

我們一家人，開開心心地吃着巧克力城堡殘骸蛋糕。

爸爸感歎説：「可惜小女孩生日沒有蛋糕啊！」。

「她有的，我送了她一張蛋糕禮券，她可以去換取蛋糕，慶祝她的小學第一個生日。」媽媽説。

巧克力快樂城堡不見了，但我們一家，
心中都有一座快樂城堡！

　　我愛爸爸！我愛媽媽！我愛弟弟！

　　當然，我也愛自己！嘻……

危險男孩

　　我很喜歡我的學校，很愛上學，可以聽老師說故事，學習知識；又可以到小食部排隊買零食，和同學分享；最好玩的，是放小息時到操場去玩耍和吃零食。操場上，男孩子追逐啦、打球啦，女孩子捉迷藏啦、跳飛機啦，我還學會打羽毛球哩，玩得不亦樂乎。

　　最近，我最愛和好朋友小甜甜、愛美麗等玩跳飛機和跳橡筋繩。自

從媽媽教曉了我用橡皮筋紮作橡筋繩和跳橡筋繩後，我便發狂地學上這玩意，我還把用橡皮筋紮作橡筋繩的技巧傳授給小甜甜和愛美麗，更時常和她們比賽，看誰的橡筋繩紮得更七彩漂亮，誰能跳得更高和有更多難度。有時，我們又會一邊跳飛機，一邊玩IQ題，答錯了要留在原地，不許向前移。

「什麼事做了會犯法，不做就要坐牢？」小甜甜出題。

「……」我第一個要被罰暫停前進。

「世界上哪一條路最

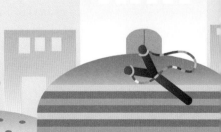

窄？」愛美麗出題。

小甜甜想不到答案，自然要陪我「罰站」。

「士多啤梨蘋果橙，哪一樣不是水果？」

這次我出題，我當然知道答案，但我不能自問自答……結果，愛美麗答不上，我們三個人同時擠在同一格中，摟着笑着……

這些 IQ 題實在太好玩了，看看其他小同學，小息時也都跑到操場上玩，各適其適的……

忽然，有一天，廣播器上傳來校長的宣布：

「學校操場是一個危險的地方，無論誰，無論什麼時候，都不准在操場上逗留！」

發生了什麼事？學校操場怎會變成一個危險的地方？同學們都又好奇又焦急，互相打聽消息。

我的學校座落在住宅區，校舍三面是學校建築，另一面對着住宅大廈，操場正是面對住宅大廈的空間，中間還隔着一條馬路，馬

路邊種滿了映樹和榕樹，這樣環境優美的學校操場，為什麼會變成 一個危險的地方呢？我們這些三、四年級小學生對這件事有許多猜測：

有的說校園有個密室，最近鬧鬼，專門捉小孩子……

有的說前天夜裏學校球場那邊發生了兇殺案……

有的說操場地下發現了戰時炸彈……

到底真正的原因是什麼？誰都說不準。

　　　*　　　*　　　*　　　*

今天上課前，我們分明

見到有兩輛警車停在學校附近，警察叔叔們忙碌地進進出出，有些還沒穿制服，我從著名兒童文學作家孫慧玲寫的《特警部隊》系列的小說中知道，這些穿便裝的查案人員叫 CID，刑事組警探！

哇，還來了一頭警犬！是一隻狼犬，高大威猛，穿上印有「POLICE」字樣的小背心，好有型啊！牠工作可勤力了，左嗅右嗅，到底要找些什麼呢？

於是，我們向高年級風紀查問，男風紀總是笑嘻嘻的說不知道，女風紀則嚴肅地叫我們別多事，別瞎猜。

小孩子都是好奇心重的，哪有發生了

有趣的事不去探根究底的道理？

　　高年級的哥哥姐姐不説，好，我們問老師去！

　　班主任課，陳老師問我們：「這一課，誰有問題想提出跟大家討論？」

　　王子奇第一個舉手，是的，他最愛説話，又踴躍發言，説到舉手發言，往往像將軍般身先士卒，否則，他又怎會被稱做「口水王子」呢？

　　「老師，為什麼今天早上有警察和警犬進入學校呢？是不是發生命案？有人被殺死了？有沒有發現屍體？」口水王子一輪機關槍般掃

射，他一定是看多了警匪片，滿腦子罪案。

口水王子開口了，口水甲由又怎會閉嘴？口水甲由黃小強立即接口道：「是啊，我看見警察走上天台，是在天台發現屍體嗎？」

「嗄，是男屍還是女屍？是大人還是小孩子？」口水王子接力提問。

他倆的問題逗得陳老師瞪大眼睛。

「陳老師，為什麼校長說學校操場是一個危險的地方，無論誰，無論什麼時候，都不准在操場上逗留呢？」

我也忍不住發問。

「大家都想知道校長為什麼下這道命令嗎?」陳老師清清喉嚨,說:「你們年紀雖然小,但有知情權,而且,學校是你們的,發生了事,應該讓你們知道。」

果然有事發生!

大家屏住呼吸,伸長脖子,可謂引頸以待了!

從來上課都沒曾試過像今天那末留心,那末期待!

「這幾天清早,校工叔叔都發現有人向學校擲物:

「大前天是雞蛋,蛋液流了一地;

「前天是咖喱魚蛋,

咖喱汁濺到籃球架和玻璃上；

「昨天是垃圾膠袋，裏面有魚骨叉燒果皮和其他垃圾，散了一地；

「今天早上，更發現三塊磚頭，分別掉落二樓走廊簷篷和操場上，還打碎了操場旁邊活動室的一塊大玻璃……」

嗄，二樓走廊？！不就是我們課室的外面？！同學們紛紛站起來，要看看走廊簷篷上的磚頭碎片。

「哇，多危險啊！」同學們嚷道。

「是啊，那些磚頭，有 8 吋長乘 2 吋高乘 4 吋闊！被砸中，真的十分危險。所以校長要報警，並且暫時禁止你們去操

場上玩耍，連
體育課也要取
消。」陳老師說。

　　「是什麼人做
的呢？」大家議論紛紛⋯⋯

　　「變態狂魔！」王子
咬牙說。

　　「擲物

狂！」我們「少女三人組」齊聲說。

第二天小息，我們瞥見王子奇和黃小強匆匆的把一些東西塞進褲袋中，第一時間衝出課室，我們當然緊緊跟蹤着，走到走廊盡頭，一拐彎，他們竟然是走進男洗手間！

我們搞錯了？他們只是人有三急？

我們站在男洗手間門前，正要商量下一步，一把震顫的聲音從後面傳來：

「你們～來～找人～嗎？」

「鬼呀！！」

我們嚇得拔足就跑⋯⋯躲到樓梯轉角下喘息⋯⋯

「剛才那三個小三女孩，被我扮鬼嚇得沒命地逃跑，哈哈哈，真好笑⋯⋯」樓梯上層傳來那一把「鬼聲」，我們偷偷往上望，赫然看見負責我們班的男風紀！

他的名字叫趙仁。

做風紀也作弄人？！

「喂，你們用望遠鏡要想看什麼？小心犯偷窺罪！」男風紀趙仁對從男廁出來的王子奇和黃小強說。

「我們要查案，看那些雞蛋、咖喱魚蛋、垃圾膠袋和磚

頭是從哪裏來的！」

「有發現麼？」趙仁緊張地問道。

「沒有。有一定先向你報告。」王子說。

「小子，真會做人唄。」趙仁拍着王子的肩膊説。

哼，在廁所查案？會查出什麼？！

放學了，大家魚貫排隊走出學校，準備上校車。每次上校車前，我總愛抬頭看看路邊的映樹和榕樹，和它們揮揮手，説聲「再見」，無意中，我瞥見對面馬路大廈平台欄杆後面，站着一個大男孩，年紀好像比我們班的男風紀趙仁還要大一些，

雙手攀住欄杆，他的右手還拿着一個東西，
好像兩邊叉開，中間有條粗橡筋的……

　　我直覺上覺得他有問題。

　　晚上，我們一家擠在爸媽的牀上談話，
這是我們家的溫馨時段。

我告訴爸媽學校的事情和今天的發現，我還將一張畫了那東西的畫給大家看。

「那是……彈叉！我的同學西西也有一個，是他鄉下的表哥送的。」弟弟小雄興奮地說。

「把硬物放在彈叉上，可以射得很遠，鄉村人會用來打鳥。」爸爸說。

「很殘忍呀！」我說。

「西西有一次帶彈叉回學校，射小石子給我們看，真的射得很遠，媽媽，我也想要一個。」弟弟小雄說。

「彈叉是危險的東西，

西西爸媽為什麼准許他玩這個呢？」媽媽擔心地説。

我靈機一觸，好像知道答案了，我把自己的猜想告訴爸媽，他們也説「有可能」。

第二天，校車上，我忍不住把自己的猜想悄聲地告訴小甜甜和愛美麗，她們也很興奮，我們決定告訴陳老師去。

小息時，我們看見陳老師、校長和負責操場秩序的何必老師在操場邊跟兩位警察叔叔説話。

赫，那大男孩正站在對面馬路大廈平台欄杆後面！手中

正拿着他的彈叉！

「那個彈叉的橡皮筋是彩色的，真漂亮。」

不知什麼時候，口水黨已經站在我們身旁，說話的正是口水王子王子奇，他和口水甲由黃小強拿着望遠鏡，焦點對正大廈平台，哈！原來他們也有發現。

這時，對面大廈平台出現了兩個便裝警探 CID，和彈叉男孩說了幾句話，然後，就把他帶走了……

奇怪的是，在操場邊跟陳老師、校長和何必老

師說話的兩位警察叔叔仍然在原本位置，並沒有離開，他們是怎樣通知便裝警探 CID 去捉人的？

彈叉男孩被帶走的第二天，學校廣播器上又傳來校長的宣布：

「各位同學，學校操場的危險已經解除，大家可以再使用操場了！」

太好了，全校每個課室頓時傳出掌聲和歡呼聲。

後來，我們從報章上知道：警犬嗅出磚頭上的氣味，循着氣味之路找到彈叉男孩，經調查後，知道他愛用彈叉犯案，而且犯案纍纍，早

已被學校被列為「危險男孩」，明令在家中閉門思過，禁止回校。在今次事件中，他雖然沒有傷人，但他向學校擲物，威脅他人安全；而且因他的爸媽分居，又長期在大陸工作，家中只有他和一個外籍女傭，沒有人真正關心他、教導他，以致他性情乖戾、行為粗鄙，心理極不正常，所以最後被判入男童院，接受監管、教化。

其實，彈叉男孩的身世也真悲慘，我們由痛恨他變成同情他了。

「這次破案，多虧小三丙班孫小玲同學的

觀察入微，王子奇同學的好奇探究，學校宣布向他兩人頒發關懷社區嘉許證書。」

在一次全校操場早會時，校長向全校宣布。

幾個月後，我和王子更接到警務署通知要我們前去領受「好市民獎狀」哩。

作家分享・我想對你說

　　能夠為小朋友寫故事，實在是一件很高興的事，因為，我可以將自己看到的、聽到的、想到的故事，告訴你們，和你們分享，讓你們在故事中得到樂趣，在樂趣中得到啟發，在啟發中明白一些成長的秘訣。

　　有些作者寫故事，忌諱說出故事中的道理，但我並不介意在這裏告訴正在成長，正在學習的你們，書中的六個故事，圍繞的就是「要做一個怎樣的人」的主題，希望能引導你們去發掘人性的美善，做人的真正價值和應有的品格，使你們走上成長的正途，做一個善良、有愛心、能關心別人、有志氣、做事負責任、對人有禮貌，機智聰明而且能解決困難的人。因為，只是這樣，你們才能快樂成長。

　　每一個人，在成長的過程中，總會遇到一些困難，其中，功課就是一個大問題！聰明的小朋友要《尋找功課機》，好爭取時間去玩要，結果成績反而退步，更連做人誠實的美好品德也失去了，你們說，值得嗎？

　　成長中的女孩都愛發公主夢，美麗和氣派的《公主來了》，引起小同學們的傾慕和關注，可是美麗的外表下，竟然是不懂自理和不禮貌的言行舉止！看見公主的

真面目和遭遇，還有人想做公主嗎？

　　小學生愛幻想、愛說話，多口是小孩子的天性，不是罪行，但你們喜歡說話不負責任，甚至破壞秩序的多口人嗎？事實上，《口水王子的魔法咒語》有三個魔術語，可以幫助你們贏得友誼，贏得稱讚。

　　小弟妹很煩人，可是，如果小弟妹被人欺負，做兄姊的你卻會挺身而出，對，這便是親情！讀了《誰是臭屁蟲》，再去看看自己的弟妹，觀感不同了，是嗎？

　　香港人生活富裕，但也有不少人生活在貧窮線下。小弟弟想把自己的城堡蛋糕送給一個窮女孩，卻弄塌了蛋糕，奇怪的是，《快樂城堡不見了》，一家人反而更加開心。難道這就是「做好事」的魔力？

　　沒有父母關愛的男孩，性情孤僻，傾向暴力，做出危害他人的事，小女孩機智聰明，解決了《危險男孩》對學校的威脅。人，要在互相關愛之下成長，才有溫順正常的性格。社會和諧，大家才得平安，你們說是嗎？

　　可親可敬可愛的小讀者，希望你們都喜愛這些說道理的故事，也在故事中發現許多趣味，發掘出許多深意。

　　　　　　　　　　　　　　——孫慧玲

125

　　看完本書之後，你心裏會有什麼感想或收穫呢？你有遇到過書中人物遭遇的問題嗎？你會怎樣解決？請想一想！

1. 當你的功課很多時，你會用什麼方法完成？

2. 你對「公主」、「王子」這類人物有什麼看法？如果你是「公主」或者「王子」，你認為自己會注意些什麼？

3. 你有沒有試過運用《口水王子的魔法咒語》故事中三個魔術語待人接物，因而贏得稱讚和友誼？試說說你的故事。

4. 如果你也有一個像「臭屁蟲」那樣的弟弟，你會喜歡他嗎？為什麼？

5. 你試過幫助別人嗎？說說你幫助過別人的那件事。事後你有什麼感受？

6. 當爸爸媽媽忙於工作沒時間陪伴你時，你會有什麼想法？你會向他們說出你的想法嗎？為什麼？

勤思考，學寫作

閱讀優秀的文學作品，記得學習作者的寫作技巧來提升我們的語文能力啊！

1. 請看看作者怎樣利用這些四字詞語傳神地寫出故事中人物的動作和內心。

例子一：躡手躡足——即放輕手腳，不被發覺的意思。

書中例句：我們躡手躡足走到他倆身後，看見他們竟然是在抄寫罰句——「我以後記得帶書」！」（《尋找功課機》）

賞讀：句中用了「躡手躡足」一詞，描寫放輕動作，以免被發覺，能夠使情節顯得緊張。

例子二：緊抿着嘴——緊緊地合上嘴巴的意思。

書中例句：漂亮的白雪很沉靜，緊抿着嘴，下巴變得更尖削，樣子顯得有點憂鬱似的，完全沒有童話故事中白雪公主的陽光氣息。（《公主來了》）

賞讀：描寫人物不想說話的神情，也透露了白雪初到一間新學校時緊張的內心。

2. 句子賞讀：請看看作者怎樣寫人物性格和人物動作。

例子一：他會因為自己的肥胖和臭屁覺得難為情嗎？才不！他只會笑嘻嘻地做人，樂呼呼地過活。（《誰是臭屁蟲》）

賞讀：「笑嘻嘻地做人，樂呼呼地過活」十二個字，就將臭屁蟲弟弟這個樂天派小子生動地描述出來，使人覺得他很快樂，很可愛，也能夠為人帶來歡樂。

例子二：小女孩吃驚地睜大眼睛，小嘴張開，想說什麼，卻又說不出口，只見她兩眼含淚，雙手亂擺，表示不好……（《快樂城堡不見了》）

賞讀：弟弟要將蛋糕送給並不認識的小女孩，小女孩被這陌生人的突然舉止嚇得不知所措，只是睜大眼睛，張大嘴巴，表示驚訝；想說什麼又說不出來，也不知道要說些什麼，表示慌亂；兩眼含淚，表示感動；雙手亂搖，表示拒絕，幾句短句，表情動作情感豐富，使人感動，而且留下深刻印象。